KB129776

내 안의
사랑받고 싶은
악마

내 안의
사랑받고 싶은
악마

🌹 목차

머릿시   8

CHAPTER I   시-소   12

사랑에 빠진 데카르트   13

저녁의 시   14

빗방울   15

눈을 감으면   16

언어의 방주   17

혼자라도   18

만화 주인공   19

카페 앞에서   20

속도   21

빈 역   22

나의 구원   23

사랑은 나약한 것   28

증거   29

불면증   30

진심   31

당신의 이름으로 노래하고 싶다   32

태풍의 눈   33

하룻밤   34

사랑이 타고 나면   35

중앙로에서   36

커-튼   38

겨울 도데   42

분실물 44

이제 그만 작별하세요 45

가솔린 46

낙서 47

상실 속에서 48

엄살쟁이 49

내 안의 사랑받고 싶은 악마 50

낡아져가는 것 51

민들레의 복수 52

극장, 그 작은 우주 56

봄이 왔다는 증거 57

굽어지는 마음 58

말은 하지만 59

누군가에게 감추인 보물이 돼라 60

투쟁 61

그럴 줄 알았으면 그냥 행복할 걸 그랬다 62

만일 내가 옷을 차려입는다면 63

벚나무 64

방랑자 68

평행선 70

마음의 연금술 71

엉킴 72

빚을 지다 73

공책 74

순간의 꿈들 76

CHAPTER II	시상	82
	어린 시인	83
	햄릿의 칼	84
	강철의 꽃	85
	부끄러운 대화	86
	사하라의 연인	87
	장미밭	88
	무언가를 지킨다는 것	89
	악의 씨	90
	기도	94
	바다	95
	미아	96
	시련의 천사	98
	용서	99
	부표	100
	노아의 비둘기처럼	101
	연결	102
	시간 사냥꾼	104

머릿시

오늘 누가 시를 읽는가?
자극과 흥분이 팽배하고
음악과 영화가 시의 설 자리를 빼앗은 이 시대에
누가 시를 읽는단 말인가?
누가 적막한 방 가운데에 홀로 앉아
손으로 턱을 받치고 소리 없이 페이지를 넘겨간단 말인가?
누가 시인의 의중을 헤아리려 고민한단 말인가?

그것은 찾아가는 길
시는 움직이고 있다
영화는 영화관에서, 책은 서점에서 기다리지만
시는 날아간다
누군가의 입술을 타고
누군가의 손가락을 타고
때로는 바람을 타고 시골의 들판까지 날아가기도 한다
또 꿀벌이 수꽃의 사랑을 암꽃에게 옮길 때 달라붙었다가
그 꽃을 꺾는 소녀의 손을 타고 가슴속으로 파고들어가기도 한다

이제 누가 우리 마음의 고요한 호수에 돌을 던질까?
어떻게 파도가 아닌 바다의 밑바닥에 잠긴 보물을 찾을 수 있을까?
무엇으로, 손으로 잡을 수 없는 소중한 것들을 가둬둘까?
우리는 가장 좋은 것들을 얻으면서
바꿀 수 없는 한 가지를 잃어버린 것이 아닌가?

시는 죽었다!

우리가 시를 죽인 것이다

미아 중의 미아인 우리는 어떻게 마음의 허기를 달랠 것인가?

CHAPTER I

시-소

사랑하는 사람과 시-소를 타고 싶네
정장을 입거나 치마를 입어도
점잔 빼거나 부끄러워하지 않겠네
마치 규칙이 뭔지 모르는 어린아이처럼

당신이 처질 때 내가 힘껏 일으키고
내가 내려갈 때에 당신이 받쳐주리

우리 인생은 하나의 오르내리는 시-소
당신과 함께라면
죽을 때까지 웃으면서 탈 수 있으리라

사랑에 빠진 데카르트

방 안에 앉아서 당신을 생각하고 있었다
마치 데카르트가 자기 생각을 의심하다가
생각하는 자신을 증명한 것처럼
나도 내 사랑을 의심하다가
당신을 얼마나 사랑하는지 증명했다

저녁의 시

저녁이 이제 하루를 마감하자고
하늘에 청소를 시작하네요
그을은 구름과 함께 빨간 햇볕의 재를 구석으로 쓸어내고
반대편에서 짙은 남색 물감을 쏟아부었어요
아이들이 외롭지 않도록 하늘에 보석을 또르륵 뿌리고
둥그런 달은 근엄한 얼굴로 긴 이야기를 시작하네요
학교에서 배우지 않은 이야기들
빗자루 탄 마녀는 안 나타났어도
멀리 지나는 비행기가 어딜 가는 걸까 궁금해요
책을 읽어봐도 잠이 오질 않아서
답답한 마음에 창문을 열어요
반대편 아파트에 깜빡이는 빨간 불빛
저기 살고 있는 사람들도
나처럼 잠들기가 어려울까요?
하고 싶은 이야기는 밤에 다 생각나는데
아빠 엄마는 벌써 잠들어서 참 외로워요
저녁이 청소를 하면서 미처
내 마음까지 다 헹구어내진 못했나 봐요

빗방울

버스 타고 집에 가는 길
창에 빗방울들이 다닥다닥 붙어있다
얘들은 왜 다 떨어져 있을까
검지로 빗방울들을 이었더니
눈물이 되어 주르륵 흘러내렸다

눈을 감으면

눈을 감으면
세상을 있는 그대로 볼 수 있어요

말을 하지 않으면
진심으로 다가갈 수 있어요

아무것도 하지 않으면
무얼 하고 싶은지 알 수 있어요

너무 골똘히 생각하면
더 복잡해져요

덜 가질수록
가진 것들이 소중해져요

외로움을 견디면
그것은 자라서 성숙해져요

언어의 방주

이 세상은 너무 시끄러워요
어딜 가든 무의미한 대화들
상처 주는 말들 뿐이에요

내가 만약 신이라면
모든 필요 없는 말들 :
투덜대는 말들과
돌려 말하는 것과
거짓 긍정을 다 지워버릴 거예요

그리고 정말 진실한 단어 몇 가지만
내 마음에 남기겠어요
우리는 표정과 행동으로 대화하는 법을 배울 거예요
그러면 세상은 아름다워질 거예요

혼자라도

일을 마치고 지하철에 몸을 실으면
나는 혼자임을 느껴요

친구들과 웃고 떠들 때도
나는 혼자예요

사랑하는 사람과 붙어있을 때도
나는 혼자예요

사람들과 시답잖게 연락을 주고받아도
나는 혼자예요
나는 아무 데도 속해있지 않나 봐요

하지만 혼자서만 할 수 있는 일들이 있었어요
그래서 이제 혼자라도 괜찮아요

만화 주인공

늦은 밤, 엄마 아빠는 안 오고
형과 나는 불 꺼진 거실에서
큰 이불을 뒤집어쓰고
작은 TV 화면만 파랗게 나오고 있었다

그 좁고 어두운 공간에서
나의 온 세상은 충분했었는데
형이랑 세상이 떠나도록
주제가를 같이 불렀었는데
만화 주인공처럼
기적 같은 마법을 믿었었는데
시련을 이길 용기를 가졌었는데

그 시절의 만화 주인공들은 다 어디로 간 건지
형과 아빠 엄마는 다 어디로 간 건지
그 시절의 나는 어디로 가버린 건지

카페 앞에서

커피가 마시고 싶다
다음 월급까지는 교통비도 빠듯한데...
카페 앞에서 한참을 서성이다가
그러다 커피를 마셔버렸다

내가 잘못한 게 아니야
편안한 자리가 잘못한 거야
나른한 햇볕이 잘못한 거야
여유로운 오후가 잘못한 거야
허전한 내 마음이 잘못한 거야

속도

시를 쓸 때는 손이 정말 빨라야 해요
빨리 기록하지 않으면 생각이 금방 날아가버리거든요

사랑에 빠질 때도 마음이 정말 빨라야 해요
너무 푹 빠지면 헤어 나오기 어렵거든요

그런데 일할 때는, 맙소사!
나는 너무 느려요
나는 세상이 더 느려져야 한다고 생각해요
봐요! 지구가 빨리 도는 바람에
하루가 얼마나 짧은지

그래도 내가 가장 빠를 때가 있는데
당신과의 약속이 있을 때예요
사실 그때도 더 빠른 것이 하나 있는데
그건 바로 시간이에요

빈 역

이곳은 나와 닮았다

텅 빈 공간 속에

나 혼자 멍청히 서서

무언가를 기다린다, 나를 멀리 실어가 줄 무언가를

누군가 와서는

하지만 그냥 지나가버린다

정말 시끄러운 사람들 중에

나는 속해있지 않다

나만 멍청히 서있다

나의 구원

내가 괴로울 때마다
내가 하찮다고 느낄 때마다
그대가 떠오르는 것은
내가 바라는 모든 것을 그대가 가졌기 때문인가
아니면 단지 칭얼대고 싶기 때문인가

어찌 됐든 나는 그대 품에 안겨 펑펑 울고 싶다
나는 한 번도 실컷 울어본 적이 없다
그러니 그대 품에 안겨 눈물이 바닥날 때까지 울어보고 싶다

그것은 잃어버린 엄마 품인가
그곳은 내가 찾던 천국인가
그것은 내가 죽도록 찾아 헤매던 평온인가
누구도 채워주지 못한 사랑인가
나는 빛에 미쳐버린 나방인가
더 이상 싸우지 않아도 된다고 위로하는 목소린가
당신은 잃어버린 나 스스로인가

아무리 비누로 씻어도
내 가슴은 여전히 더러운 채로
아무리 좋은 옷을 입어도
나는 여전히 벌거벗은 채로

사랑은 나약한 것

그것은 어떻게 시작될까?
동물적 본능으로 시작될까? 철학자들의 말처럼?
혹, 신의 섭리로 시작되는 걸까?

분명 누구나 딱 맞는 사랑을 고집하고 있을 것이다
나에게 딱 맞는 사람
딱 맞는 사랑의 방식
딱 맞는 타이밍에
딱 맞는 말
그래서 결코 사랑이 시작될 수 없었던 것이다

그러나 그것이 시작될 때는 분명
누군가 그 마음에 져주게 된다
딱 맞는 사람이 아니더라도
딱 맞는 사랑의 방식이 아니더라도
딱 맞는 타이밍에
딱 맞는 말로 표현하지 않더라도

그제야 비로소 상대는 마음을 열고 알게 된다
딱 맞는 사랑은 필요하지 않고
오직 희생할 사람이 있으면 된다는 것을

져주기 때문에 사랑은 약한 것이다
그러나 약한 것을 받아들일 만큼 강하다

증거

우리는 쉽게 불안해지는 존재라
눈에 보이고 손에 잡히는 것에 의지한다

그러니 나를 사랑하는 것이 아무리 당연하다 하더라도
거듭 귀찮도록 사랑한다고 말해주시오

내가 백 번을 의심하면
백 한 번을 사랑한다고 말해주시오

그러면 나도 심장을 열고
내 사랑의 증거를 보여주리라

불면증

밤공기가 차가운 이른 새벽
등이 드문드문 켜진 텅 빈 공원
짝사랑하는 사람의 이름과
홧김에 내던진 맥주 캔
길목 전봇대 앞에 잔뜩 쌓인 쓰레기들
가로등 밑으로 혼자 걸어가는 그림자
다 미뤄놓은 숙제들
고개 숙이고 깊은 한숨
어른거리는 주황색 가로등
장밋빛으로 부예진 새벽하늘
무서울 정도로 거대한 구름들
짝사랑하는 사람의 이름
슬픈 노래로 귀를 틀어막은 이어폰
터덜터덜 걷는 걸음
연락도 올 일 없는 핸드폰
아무도 반겨주지 않는 어두운 현관
아무도 안 보는데 틀어놓은 TV
아무렇게나 어질러진 거실
억지로 청해본 선잠
...짝사랑하는 사람의 이름
...짝사랑하는 사람의 이름
...짝사랑하는 사람의 이름
뒤척이다 다시 청해 보는 늦은 잠
...짝사랑하는 사람의 얼굴

진심

내가 지금 당신에게 주는 것은
당신이 받으면 보석보다 값진 것이고
받지 않으면 돌멩이만도 못한 것이니
받으시던지 아니면 떠나시오

내가 가진 건 이게 전부이니
당신에게 진실된 사랑이 필요하다면
받으시고 아니면 떠나시오

당신이 받지 않는다고
갑자기 하늘 위로 흩어지거나
발아래로 흘러내리는 것이 아니니
필요 없다면 다른 사람에게 주리라

이것을 계속 가지고 있는 것이
내게 너무 무거우니 얼른
받으시던지 아니면 떠나시오

당신의 이름으로 노래하고 싶다

미완성된 시

당신의 이름으로 노래하고 싶다
기분에 따라 듣고 싶은 노래처럼
당신은 나에게 하나의 노래

당신의 예쁜 얼굴이 그 멜로디
당신을 향해 쏟아져 나오는 내 마음이 가사
우리가 함께 견딘 시간을 악보로

때로는 위로를 주는 사랑노래가
때로는 용기를 불어넣는 밴드가
자주 불면 중에 자장가가 된 이여

-

-

당신은 나에게 하나의 노래

태풍의 눈

창밖 세상에서는
천둥이 치고 비가 휘뿌려져요
사나운 바람소리가 창을 흔들어요

신기하지 않나요
창 하나를 사이에 두고
이렇게 다른 세상이 접해있다는 것이

참 다행이에요
우리가 이 건물 안에 있다는 것이
당신과 내가 이렇게 안전할 수 있다는 것이

우리는 그저 서로 껴안고
태풍이 지나고 아침이 찾아올 때까지
잠들기만 하면 되요

신기하지 않나요
얇은 살을 사이에 두고
이렇게 두 영혼이 접해있다는 것이

하룻밤

내게 이곳은 낯설고 살짝 두려운 곳이에요
사람들이 춤을 추고 소리를 질러요
이 황홀한 불빛들이 도시의 조명에서 나온 것인지
술잔에 비친 것인지 모르겠어요

당신은 모르는 사람
그러나 오늘 밤 나를 안아도 돼요

당신의 어떤 정보도 말하지 마세요
당신의 이름도
당신의 나이도
당신이 어떤 사람인지도

그런 것들은 아무 소용없어요
내 환상을 깨뜨리지 마세요
그냥 나를 원한다고만 해줘요
내가 이쁘다고만 해줘요

그리고 내 사랑이 식기 전에
어느 아침 내가 잠든 사이에
내 침실을 떠나 주세요
눈을 떴을 때의 아픔으로
당신을 영원히 그리워할 수 있게
그것으로 영영 삶을 사랑할 수 있게

사랑이 타고 나면

사랑하는 이여
우리가 늙고
우리 사랑이 식어졌을 때
부디 노여워마소서

사랑이 불탄 자리에
고마움이 재로서 남았으니
어찌 족하지 않으신가

사람 믿기 어려운 세상에서
끝까지 곁에 남았으니
어찌 벅차지 않으신가

중앙로에서

그건 12월 초 겨울이었지
내가 너에게 처음 보고 싶다고 말해서
너는 나와주었지
내 마음에서는 밝은 노래가 흘러나왔어, 길었던 슬픈 노래가 끝나고
네가 웃으며 도착했을 때
난 어떻게 인사해야 할지 몰라서 머쓱하게 웃었어
오해받을까 봐 두려워하면서

우리가 나눴던 이야기들을 기억하니
사실 나도 하고 싶은 이야기가 많았는데
신나서 말하는 너의 모습을 보고
나만이 할 수 있는 역할에 나는 만족하기로 했지
언젠가 나도 너처럼
쉽게 모든 이야기를 털어놓을 수 있을까

재즈와 포-크를 틀어주는 카페에서
우리는 잠시 떠들다 테이블에 엎드려 잠이 들었지
내가 먼저 눈을 떴을 때
네 머리칼이 햇빛에 비쳐 반짝이고 있었어

집에 가는 길에
나는 하늘을 가리켰어 "노을 진짜 이쁘다"
너는 한 마디 감탄사를 뱉고
내가 보는 하늘을 한 동안 올려다봤지
그 사이 난 몰래 너의 옆얼굴을 쳐다보고 있었어

그때 우리 마음은 연결되어 있어서
내가 '이 풍경을 너랑 같이 봐서 다행이다' 생각했을 때
너는 내 마음을 알아채고 웃었어
저녁 바람이 불어서 우리 마음을 깨끗하게 씻어갔고
하늘의 큰 구름들은 내일로 운반되고 있었어
그때 너의 손을 잡았어야 했는데

집으로 향하면서도 어쩐지 나는
평소와 다르게 외롭지가 않았어
눈을 감고 힘든 일이 남아있을지라도
내 마음이 연결된 곳에서
진정한 안전함을 느꼈으니까

커-튼

하얀 커-튼 사이로
창가에 조용히 선
당신의 그늘진 옆모습
그것이 내가 꿈꾼 풍경이었다

이렇게 다가가서 손을 잡아도
멀리 느껴지는 당신
내 가슴 끝에서 당신의 가슴 언저리까지
다리가 놓인다면

나는 당신의 사막으로 떠나는
배고픈 여행자가 되어도 좋다
거기 어딘가에 오아시스같이 숨은
진짜 당신을 찾을 때까지

나약할 정도로 순수하나
냉혹할 정도로 강인하게

겨울 도데

오늘처럼 추운 날에는 말이죠
특히 오늘같이 두꺼운 외투를 꺼내게 된 날에는
나는 괜히 기분이 들뜨는 것 같아요
내 호흡이 이렇게 뜨거운 줄은 몰랐거든요
별도 더 많이 보이는 것 같구요
마치 추위 저 끝에서
나를 따뜻하게 해 줄 사람이 기다리고 있는 것만 같습니다

그러니 겨울의 진정한 매력은 저녁에 있다고 봐야죠
간판들이 어둠 속에서 하나 둘 별들같이 켜질 때면
내 마음속에도 작은 등이 하나 켜지는 것 같아요
많은 식당과 카페들, 또 술집들 안에는
많은 이야기와 미래가 예정되어 있고
나는 그 어디든지 갈 수 있겠죠

하지만 나는 내가 가는 길을 후회하지 않을 거예요
그곳은 고상한 카페는 아니겠지요
때로는 누추한 투숙일 수도 있구요
하지만 많은 이야기를 만들 수 있을 거예요
또 언젠가는 그 이야기들을 다 풀어버릴 날이 오겠죠

예수님께서는
그날의 괴로움은 그날에 족하다고 하셨지만
그 말씀은 신기하게도
외울수록 괴롭지 않게 되는 것 같아요

약속을 기다리는 사람들
눈사람 만드는 아이들
잠자리를 찾는 연인들
우리는 봄을 기다리지 않을 거예요

손도 귀도 마음까지도
꽁꽁 얼어붙을 것만 같은 추위에
오늘 하루의 후회와 아쉬움도
영영 얼어붙어 깨져버렸으면 좋겠습니다

분실물

잃어버린 것 찾으러 가자
어디서 잃어버렸을까?
언제였는지도 기억나지 않는다
뭔지는 모르겠지만 제일 중요한 것

모교의 그네 아래 흙을 파봐도
장롱 밑을 짝대기로 뒤적여도 먼지만 가득

즐거운 일들을 해봐도 휑한 슬픔만 남고
좋아하는 사람들을 만나도 내 것이 아닌 것들뿐

맞아, 그것은 내 마음속에 파묻힌 것
다른 데서 얻을 수 없는
다른 사람이 채워줄 수 없는 것

혼자서 찾으러 가자
황금처럼 파묻힌 시간 속으로
내가 지나쳐버린 선택지들로
가슴의 아픔이 비롯된 곳으로

이제 그만 작별하세요

당신이 좋아하는 노래와 작별하세요
당신만의 노래를 부를 수 없어요

마음을 갉아먹기만 하는 사랑은 떠나보내요
자신을 사랑할 수 없을 거예요

처한 상황에 쉽게 거절하세요
진실로 큰일 나지 않을 거예요

방의 안 쓰는 물건들을 모두 버려요
중요한 것은 아주 적어요

당신의 마음이 꼭 붙잡은
그 지독한 고독과 작별하세요
분명 다른 무언가로 채워질 거예요

가솔린

사람들 앞에서는 웃어왔기 때문에
방문을 닫고 혼자 소리 내어 울었다

외딴 이의 슬픈 얼굴을
알고 싶은 사람이 어디 있겠는가

창문에 뿌려지는 빗줄기처럼
서럽게 흐른 눈물은

바닥 밑으로 빠지지 않고
내 마음에 차곡차곡 모였다

다시 내 마음에 시동이 걸린 순간
그 모든 눈물이 힘으로 불타올랐다

낙서

이 두려움 많은 인생에서
우리가 싸움을 두려워하지 않았으면

오가는 인파 속에서
영원할 사람을 찾을 수 있었으면

이 혼란스러운 머릿속에서
한 가지 생각만 남고 다 사라져 버렸으면

복잡하고 시끄러운 세상에서
마음은 언제나 새벽하늘처럼 고요했으면

내 마음이 얼룩지지 않고
어린아이의 낙서하는 마음으로
그 순수한 겁 없음으로
선명하게 목표지점이 보였으면
마음이 그렇게 쉽게 목적지에 도달할 수 있었으면

상실 속에서

나는 자주 괴로움 속에서
내가 태어난 의미를 느껴요
어찌 된 일인지 나는 사람들과 너무 다르게
행복보다 불행을 원했고
즐거움보다 괴로움을 원했어요
그 보이지 않는 것에 주의를 기울이면 나는
잃어버렸던 무언가를 붙잡고 있는 것 같아요

사람들이 한 번도 본 적 없는 것들이 내게는 보여요
언젠가 사람들에게
내가 가졌던, 또 가질 수 없었던 모든 것들을 보여주고 싶어요
허무한 바람소리
콘크리트 회색 건물들
나와 상관없는 거리의 사람들
좋아하는 사람이 돌아가버렸을 때
아무 일정 없는 오후

나는 가끔씩 공허해서 무서워요
이 모든 괴로움이 의미가 있는 걸까요
의미가 있어야 할 텐데
꾹 참으면 그 아찔한 허무함이
언젠가 아물 거라는 걸 알았을 때
혼자 참아내야 한다고 주먹을 꽉 쥐었어요

엄살쟁이

나는 엄살쟁이가 되지 않기로 했다

한두 마디 말로 상처 받는
그런 엄살쟁이가 되지 않기로 했다

해내지 못하는 것이 괴로워서 미뤄두는
멍청이가 되지 않기로 했다

거절당하는 것이 무서워서 좋아한다 말도 못 하는
겁쟁이가 되지 않기로 했다

꿈을 꾸느라 시간을 낭비하는
눈먼 자가 되지 않기로 했다

내 불행을 털어놓으며 이해를 바라는
그런 약해빠진 인간이 되지 않기로 했다

내 안의 사랑받고 싶은 악마

사람들과 어울리기 위해
괴물을 감춰왔어요

내 진짜 모습을 보여줄 때마다
모두 도망가버렸어요

아, 가끔씩 그 친구를 숨길 수가 없어요!

나는 아직도 찾고 있어요
추악한 내 안의 괴물을 안아줄 사람을

낡아져가는 것

소중한 것들이 변한다는 건
가슴 아픈 일이에요
사람을 처음처럼 대할 수 없다는 건
무척 아쉬운 일이에요
옷은 후줄근해지고
나무는 삭고
피부는 상하고
사랑은 태도가 변하니
그것들을 다 아쉬워할 수는 없는 거겠죠

그러나 우리 마음속에 변하지 않는 것 :
어릴 때 보았던 별이 아직도 거기 있고
꿈이 아직도 이뤄지지 않았고
추억이 여전히 선명하게 살아있고
우리가 여전히 나약하기 때문에
아직 살아갈 의미가 있는 거겠죠

마치 우리 몸에서 혈액이 계속 생산될 수 있는 것처럼
서럽게 울어도 이내 기뻐지고
새로운 다짐이 세워지고
사람이 떠나면 사람이 오고
어둠 속에 숨어도 내일은 찾아오니
우리는 계속 새로워질 수 있을 거예요

민들레의 복수

지금은 모든 것을 잃어버리지만
언젠가 더 많은 것을 싹 틔우리라

또 헤어질 줄 알면서
우리는 다시 사람을 사랑한다
그 속음에 의미가 있기를 바라면서 다시
우리 영원하자 하며 몸을 던졌다

보라, 우리가 이번엔 어떤 작품을 만들어낼지
기대되지 않는가
삶이라는 이 무대 위에서

극장, 그 작은 우주

어두컴컴하고 소리가 울리는 공간
각각 기다리며 수군대는 사람들
쿠당탕 분주하게 준비하는 소리
무대 위의 저 커튼은 진짜 거대하네요
이런 공간에 와본 적은 거의 없어요
내가 무슨 말을 하고 싶은지 알겠나요?
살면서 가장 기대되는 시간!
옆에 앉은 사람이 평생에 함께할 사람이었으면 좋겠어요

이곳은 작은 우주예요
우리는 규칙을 싫어하지만
사실 이 우주는 엄격한 규칙을 항상 지키고 있어요
우리는 규칙 안에서 해야 할 것이 명료해지죠
마치 음악이 조성을 따르고
별들이 자기의 궤도를 따르듯
내 옆에 앉은 이 사랑스러운 사람이
극이 끝날 때까지 곁에 앉아있어야 한다는 것이
이 순간의 규칙이에요

이윽고 조명이 꺼지며 사람들이 말소리를 죽이고
커튼이 올라가면 우리의 인생은 시작되죠
나는 조용히 당신의 손을 잡습니다
저 캄캄한 무대 위로
앞으로 무슨 일이 벌어질까요?

봄이 왔다는 증거

봄이 왔다는 증거로
나는 창문을 열고 잤다

겨울이었으면 창문을 닫아도
사납게 기어들어왔을 바람이

이제 이렇게 좋은 냄새를 실어오는 것은
바람도 봄을 기념해 그 화를 풀었기 때문이리라

나약한 우리도 세상에 몸을 내리고
봄의 창처럼 활짝 열은 마음

나도 봄을 맞아
누군가를 용서할 수 있는 사람이 되고 싶다

굽어지는 마음

나는 가끔씩 내 마음에 딴지를 던져요
'그 일이 안 풀린다고 내가 죽을까?'
아닌데도 나는 그것이 아니면 죽기라도 할 것처럼
안절부절못하고 있었던 거예요
삶의 모든 부분에서 나는
모든 일이 나를 괴롭게 할 수 없다는 것을 알아챘어요

어쩌면 온 마음을 너무 하나에 다 쏟아버려서
다른 것을 많이 놓치고 있었나 봐요
아주 조금의 시간낭비에도
아주 조금의 실수에도 마음이 많이 짓눌렸었는데
그것이 내 모든 고통의 근원이었어요

이제 삶을 마치 소풍 가는 마음으로
꼭 필요해서 하는 일이 아닌
그저 한 번 해보고 마는 일로
안 풀려도 괜찮은 것으로 여기고자 해요

마치 날씨가 좋으면 행복하고
날씨가 안 좋으면 자연스레 다음 날을 기다리듯이

말은 하지만

모두가 그 노래를 좋아한다고 말은 하지만
그 음원을 간직하는 사람은 없다

모두가 그 영화를 좋아한다고 말은 하지만
그 영화에서 찾은 것을 나누려는 사람은 없다

모두가 과거를 추억한다고 말은 하지만
그것을 공책에 기록해두는 사람은 없다

모두가 대학에 들어가지만
진정 배우고 싶은 것이 있는 사람은 없다

모두가 미래를 보상받기 원하지만
정작 과거를 희생한 사람은 없다

모두가 당신을 좋아한다고 말은 하지만
수 년 뒤에도 당신에게 안부를 묻는 사람은 나밖에 없다

누군가에게 감추인 보물이 돼라

누군가에게 낯선 여행지가 돼라
어딜 가나 있는 사람이 되지 말고
밤새도록 낯선 세상을 이야기하는 사람이 돼라

누군가에게 감추인 보물이 돼라
처음 만났을 때의 모습에 머무르지 말라
이미 멋있는 사람도 말고
여전히 비슷한 사람도 말고
주변을 놀라게 하는 사람이 돼라

누군가에게 단순한 연인이 되지 말라
사랑하는 연인이면서
함께 웃는 친구이면서
일을 돕는 동료이면서
돌봐주는 부모이면서
자라나는 자식이 돼라

누군가에게 도망칠 집이 돼라
마음 둘 곳 없는 이에게
세상의 비난과 속임으로부터
언제든 숨을 공간이 돼라

투쟁

그대 마음 약해지지 마시어라

처절하고 안쓰러운 내 순애의 끝에서도

끝끝내 당신이 나를 받아주지 않기를 바라노라

사랑이란 이루어지는 순간

끔찍한 모습 드러내며 환상이 깨져버리니

내 사랑이 변하지 않게 하라

그러면 영원히 당신에게 사랑받고자 노력하리라

사랑받기 위한 투쟁

그것은 사랑하는 것 자체보다 더 아름답도다

만약 그대가 나를 받아들인다면

더 노력할 사람을 찾으러 그대를 떠나리라

그럴 줄 알았으면 그냥 행복할 걸 그랬다

뭔가를 이루어야 행복할 수 있다는 생각에 갇혀 있을 때

주변에서는 내게 충분한 파티로 초대하며 손짓해왔다

그 사정들을 다 알았다면 그냥 행복해도 좋았을 텐데

아무리 외로웠을 때도 누군가는 나를 들어줬고

내가 매달린 꿈들은 때때로 괜찮은 지점에 닿았었는데

놓친 시간을 잡는 것보다 지금을 이용하는 게 쉬웠었는데

사랑을 얻는 것보다 당신과 함께 있다는 게 좋았는데

나만 빼고 온 세상은 행복할 준비가 되어있었는데

그때는 왜 그것들을 몰랐는지

그런 줄 알았으면 그냥 행복할 걸 그랬다

가장 좋은 음식이 있는 파티에서

가장 좋은 포크까지는 찾지 말아야지

내게 다시 남은 행복에 대한 조건들은

지금 가진 것들을 놓칠 만큼 중요하지는 않다

만일 내가 옷을 차려입는다면

만일 내가 길이 아닌 곳으로 간다면
사람들은 그곳으로 다니기 시작할 것이다

만일 내가 존재하지 않는 물건을 원한다면
누군가는 그것을 팔기 시작할 것이다

만일 내가 옷을 차려입는다면
근사한 약속이 잡힐 수도 있을 것이다

하지만 내가 옷을 대충 입는다면
저녁 파티에는 가지 못할 것이다

그래, 만일 내가 종일 우울해한다면!
내가 알지 못한 더 중요한 것들을 놓칠 것이다

벗나무

추위가 가시지 않은 이른 봄에
화려하게 등장했다 초라히 가는 벗나무여
연인들의 식은 마음에 불을 붙이진 못할지언정
입김이 녹고 궂은 외투를 벗는 시대가 왔음을 알렸도다

벗나무와 그 꽃잎들이여
덧없는 분홍빛 한 주
그 잠깐을 위하여
어찌 일 년을 기다렸는가!

사진첩의 배경으로나 남았다가
꽃잎 다 떨어지고
짓밟힐 쯤이면 잊힐 것을
추잡하고 가식적인 대접에
정녕 다시 내년을 기다리려는가, 갸륵한 희생인지고

오래 참고 사랑이 많은 벗나무여
네가 가을 겨울을 참고 분홍 꽃 피우기를 기다리듯이
나도 모진 외로움 끝에 사랑 꽃 피우기를 기다리리라

그리고 이제

낡은 행복은 시간에 바스러지고

새로운 행복이 강철처럼 굳어지를

방랑자

지구여 잠들었던 축을 돌려라
아침을 시작해야 할지니

소녀여 머리를 높이 묶어라
하늘이 너를 낚아채리라

초원에 홀로 서서
바람이 불어 땅의 먼지를 쓸어가면
우리 육체도 날아가고
아픈 영혼만이 제자리에 남았다

집시같이 유랑하는 영혼
삶을 탐색하는 눈동자

우리가 뜨거운 목욕을 퍼붓는 동안
사막의 여우는 오직 물 한 방울을 애타게 찾았나니

광야의 원주민들은 보름달 아래서 원을 그리며
발을 굴러서 생명을 노래하였고

먼 전장의 병사는 모두 잠든 참호에서
입술만으로 엄마에게 편지를 썼다

우리가 머물렀던 곳은 절대 본향이 아니었으니
잃어버린 부모를 찾기 위해서
다시 길을 잃고 객지를 떠돌아야 하리라

그러니 사랑에 수없이 배신당한 이여
가난한 가슴으로 애정을 구걸하고 다니더라도
언젠가 머무를 이에게 종착케 되리라

평행선

우리는 대항적인 세상에 살고 있다

가진 것을 빼앗기지 않으려

송곳니를 드러내는 우리

그러나 빼앗은 것은 무엇이며

내어준 것은 무엇인가?

무엇도 탓할 수 없이

우리는 전혀 무관한 채로 살아간다

그럼에도 앞으로 나아가는 평행선

눈이 멀어 옆으로 돌아볼 때면

항상 거기 있는 세상

항상 거기 있는 당신

마음의 연금술

외로움에 힘을 섞으면 사랑이 될까요?
슬픔에다 시간을 가하면 용기가 될까요?

내가 원하는 건 황금이나 행복이 아니에요
그런 건 잠깐 있으면 질리잖아요
영생의 물약, 그런 건 사양할게요
나는 하루도 더 길게 살고 싶지 않아요

나는 무한의 용기를 원해요
어떤 단단한 아픔도 녹이고 살아내는
그 마법의 물질을
한때 누군가 그 제조법을 알려주었는데
지금은 잊어버렸어요

난 여기서 하루 종일
슬픔이나 분노, 기쁨과 추억
그런 것들을 만지작거려야 해요
그러니 계속 이곳을 떠나지 못할 거예요

언젠가는 성공할 수 있을 거예요
제조법이 어찌 됐든 재료가 어찌 됐든
모든 것은 내 마음속에 얼마든지 있으니까요

엉킴

살면서 많은 엉킴을 피해왔어요
선을 잘못 그은 그림처럼
매번 다시 시작하고만 싶었죠
당신만 생각하면
우리가 했던 말들이 매듭처럼 엉켜서 떠오르네요
왜 우리가 공책의 가로선처럼 서로 기대지 않아야 하나요?
왜 우리가 별들의 궤도처럼 서로 무관해야 하나요?

마치 실뜨기처럼
우리는 관계의 엉킴을 계속하며 서로 즐겨가네요
갑자기 모든 것이 풀어져버린다면
그건 그거대로 섭섭하겠어요
그러니 당신과 싸울 때조차 나는 내심 행복하고자 해요
이것을 이겨낸 뒤에도
내 곁에 남아줄 당신이 너무 고마우니까요

모든 것이 엉켜버리는 듯이 보이지만
우리는 짜여가고 있어요
우리는 언젠가 커다란 담요가 될 거예요
그리고 우리 아이들과
세상을 다 덮을 정도로 커질 거예요
그렇기에 나는 이 엉킴을 최대한 멋지게 이겨내겠어요

빚을 지다

우리는 빚을 졌다
사랑했던 이에게 처음 약속한 만큼의 사랑을
다 주지 못하고 우리는 떠나왔다
다른 사람에게서는 받을 수 없는 사랑을 받아놓고도

우리는 빚을 졌다
일어나지 않을 수도 있었던 모든 우연들에 대해서
돈 없이 살 수 있었던 경험들과 지혜에 대해서
내 안에서 나오지 않은 삶의 힘에 대해서

작곡가들은 자연의 주파수를 빌려 멜로디를 쓰고
작가들은 모국의 말을 빌려 글을 쓴다
우리는 땅을 빌려 중력을 딛고 서있다

또한 우리가 누군가에게 빌려준 것이 있을까
서로 빌림으로써 우리는 홀로 존재하지 않는다
갚기 위한 것만이 열심히 살아야 할 이유

아, 그것은 사랑의 한 형태
가난하고 헐벗은 우리가
유일하게 남에게 줄 수 있는 것

공책

판매대에 놓인 공책이 당신에게 시작을 고한다
각종 이쁜 표지로 단장한 공책들
당신은 그만 발걸음을 멈추었다
무엇이든지 새 것은 새 것이라는 것만으로 얼마나 아름다운가
때 타지 않은 어린 날의 환상들이
우리 학교 다닐 적 저런 곳에 적혔었도다
공책이 말하길 너의 꿈을 여기 계획하라
너의 사랑을 여기 적어라
나를 너의 책으로 만들어라
나는 그렇게 비싸지도 않단다
니체의 책이 얼마인가
보라 네 글은 그보다 소중한데도 글 값은 치지도 않았다
첫 장을 열고 네 생각들을 빠르게 써 내려가라
마음이 달려 나가는 속도보다 빠르게
생각이 날아가는 속도보다 빠르게
눈동자가 따라가지 못할 정도로 빠르게 써 내려가라
할 말이 그리도 많았더냐
속상한 일이 그리도 많았더냐
그 속도를 못 견딘 손가락이 뜨거워지기 시작하면
이내 네 영혼에 불이 붙기 시작하리라
불은 네 추억을 태우고 사랑하는 이를 태우고 네 의자를 태우고
네 영혼을 태워서
이제 너는 사막 한가운데에 홀로 섰다, 손에 펜을 쥐고
너의 세상을 만들어가라

순간의 꿈들

순간의 꿈들
내 인생을 헛된 방향으로 이끌어가는
많은 순간의 꿈들

내게 주어진 것들을 보지 못하게 하고
배고픈 짐승처럼 앞으로만 달리게 했던
순간의 꿈들

알고 보면 아무것도 아니었던 순간의 꿈들

내 인생을 되돌아보면
내 인생을 단순하게 정리하고자 하면
나를 괴롭혔었던, 헛된 순간이었던, 정리되어야만 하는
순간의 꿈들

불나방 같았던 순간적인 사랑의 감정과
남들을 놀라게 하고 싶었던 질투의, 과시의 꿈들

내게 주어진 하나의 길이 너무 멀고 어려워
그만 다른 것들로 눈을 돌리고 싶었던 순간의 꿈들

이제 나는 원래의 꿈을 본다
순간의 꿈들은 나를 불행하게 했다
이제야 알겠다

내 마음속의 나침반이 원래의 길을 가리킨다

나는 이제 간다

원래의 꿈으로

원래의 사랑으로

가장 아름다운 슬픔을
가장 사랑스러운 아픔을 위하여

CHAPTER II

시상

종이가 사라져 가는 세상에서
종이에 글을 쓴다는 것은 얼마나 아름다운가
그것은 죽은 나무들의 외침
지나간 것들을 잊지 않는 사랑
잃어버림에 대한 저항이라

쓸쓸한 내 사막에 모래언덕으로 쌓인 시상들이여
내 글과 종이가 낡아 먼지로 흩어져도
내 목소리는 내 시를 영원히 부르리라
그것은 내 심장의 북치는 소리
그 장단에 맞춰
영원히 노래하리라

어린 시인

아, 어린 시인이여
영감을 기다리는 눈동자여
어디서 끊어야 할지 헤매는 그 손가락이여
시는 이미 완성되었거늘

어린 소년이여
사랑하는 여인의 옆얼굴을 훑는 눈동자여
어디서 마음을 접어야 할지 헤매는도다
사랑은 이미 이루어졌거늘

어린 인생이여
삶의 의미를 찾는 눈동자여
어디서 삶을 마감할까 헤매는도다
지난 너는 이미 죽었거늘

햄릿의 칼

오늘 얼마나 시간을 낭비했을까?
얼마나 진심으로 했던 다짐을 부끄럽게 만들었을까?
얼마나 소중한 사람들에게 줄 수 있는 것들을 날려버렸을까?
얼마나 스스로를 속이고 책임을 눈감아버렸을까?

일분일초를 열심히 살 수 있다면 얼마나 좋을까
다짐하고 오래 못 가서 포기하고
매일 그러다 보니 잘하는 건 후회밖에 없구나
나는 평생 이럴 모양인가

정신 차리면 다른 것을 생각하고 있었고
결국은 알면서도 움직일 수가 없었다
때로는 나의 멍청함에
스스로를 죽여버리고 싶을 때도 많다
살아야 할 이유가 없어졌을 때도 살아야 할 것인가

햄릿이 뽑은 칼
끊임없는 자살 충동에 쓸데없는 사색만 자라고
스스로를 얼마나 잔혹하게 대했는지
어찌 눈물보다 피가 먼저 흘렀는가

강철의 꽃

조금 아파서 꺾일 사랑이었으면

차라리 자라지도 않았을 꽃이여

그러나 그대가 손쉽게 나를 꺾었노라

부끄러운 대화

당신을 더 깊게 사랑할수록
내 치부를 당신에게 보이고 싶다

숨겨온 내 모습은 언제나
사람들에게 몰매 맞고 비난받아 왔기에

내가 옷을 벗어내려도
부디 그대가 놀라지 않기를

침묵을 어색해하지 마시라
다른 사람이라면 시답잖은 이야기를 지껄이면 그만이니

내 비밀을 보이는 것은
당신이 지닐 수 있는 내 사랑의 증거

당신의 손끝으로
내 셔츠의 단추를 하나씩 풀어준다면
부끄러운 내 가슴은 당신의 것

사하라의 연인

어찌 사랑이 꼭
어느 늦여름 저녁에 찬 바람 불어오듯이
가슴을 놀라게 하며 와야 하는가

방문하는 이 없는 나의 사막에
당신은 어쩌다 슬그머니 발을 들여왔다

이 곳이 그대의 최종 목적지는 아닐지라도
나에게는 당신을 보살필 필요가 있으니

당신이 목마를 때에 내 눈물을 뿌려주고
당신이 길을 잃지 않도록 내 시선을 비춰주리라

그대는 내 바로 곁에서도 외로움을 느끼고
때로는 발자국이 찍힌 적 없는 길로 가야 하겠지만

사막을 나갈 때에는
서로가 함께 견디는 사랑을 배웠으리라

장미밭

앞으로 저 멀리까지 펼쳐진 장미밭

얼마나 붉고 아름다운가

그 위로 지나기 위해

맨발로 가시를 밟아야 하리

한참을 가서 돌아본 장미밭은

흘린 피로 더욱 붉도다

무언가를 지킨다는 것

한때 사람들이 모이던 거리는

휑한 그림자만 남기고 발길이 끊겼다

둘이서 눈 위에 남긴 가지런한 발자국들은

행인들에게 짓밟혀 더러운 색으로 녹았다

그대와 만나던 장소엔

이제 어슬렁거리는 내 마음만

그 북적대던 사람들 다 어디 간 걸까

무언가를 지킨다는 것은

그 자리에 혼자 남는 것

나도 이렇게 혼자 남게 되었으니

그대에 대한 마음 지키는 것인가

나도 이제 남아있기 괴로워

밟혀서 더러워진 눈은

한 쪽으로 치워버려야 하듯이

그대에 대한 마음도

시간 지나면 치워버려야 하리라

악의 씨

삶의 괴로움들이
바람을 타고 지나가지 않고
내 가슴에 내려앉을 때

나는 그것을 마음 가운데 심고
소중히 품어 관심으로 기른다

그것이 자라서 사악한 숲을 이루고
햇빛도 가리고 사람도 가로막으면
내가 거기 숨어 들어가려고

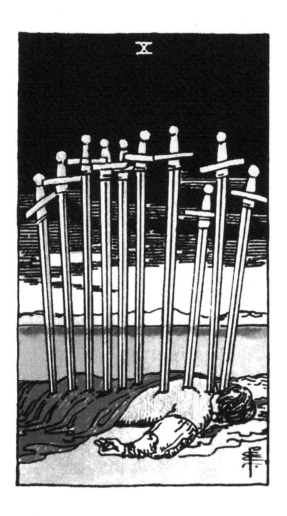

당신은 나의 성벽입니다
나약한 가슴에 두른 갑옷입니다
내가 비난을 피할 수 없을 때에도
당신이 남아주었기 때문에
나는 세상을 적으로 돌릴 수 있었습니다

기도

눈을 감고 기도하려 할 때면
당신의 얼굴이 떠오릅니다
아직도 끝나지 않은 나의 죄와 괴로움

내가 사경까지 주리고
내가 차가운 문밖으로 쫓겨나고
내 손발이 묶이고
내 손가락 마디를 잘리고
내 몸에서 피가 다 쏟아져나가고
거칠고 두꺼운 손으로 내 목을 졸리고
내 진실이 억압당하고
비난과 오해로 얼굴을 먹칠당하고
거짓 희망이 또 나를 속이고
내가 눈이 부을 때까지 울고
내가 지금까지 온 길이 아무 데도 아니었고
모든 행복이 나와 상관없을 때

나는 당신을 떠올리고 기도합니다
당신만이 나의 위로이기 때문입니다
부디 모든 것이 괜찮아질 때까지

바다

나를 구해주세요
내 몸에서 물이 다 빠져나갔습니다
모두가 나를 버리고 떠났습니다
내가 수척하여 내 뼈가 떨리고
내 영혼도 떨립니다, 언제까지인가요
내가 피곤하도록 울어
밤마다 눈물로 내 침상을 띄우고
내 요는 흠뻑 젖었습니다
지금 나는 가라앉고 있습니다
모든 게 그들의 잘못인가요?
아니면 전부 내 잘못인가요?
내가 이렇게 될 때까지 누구도 나를 건져주지 않았습니다
깊이 내려갈수록 주변은 더욱 깜깜해지고
나는 더 이상 보는 것이 두려워 눈을 감았습니다
누군가는 나를 구해줄 줄 알았습니다
당신만은 나를 구해줄 줄 알았습니다
모든 것이 너무 늦었습니다
마지막으로 당신의 이름을 외쳤지만
목이 막혀 아무 소리도 나지 않았습니다
얼마나 내려갔을까
용기를 내어 눈을 떠보니
그곳은 끝없는 바다였습니다

미아

엄마

엄마 어디 있어

무서워 엄마

이곳은 아무도 없는 어두운 동굴이에요
여기서 살아가기 위해 필요한 것은 무엇인가요?
강한 육체인가요?
상처를 막는 마음의 갑옷인가요?
내 인생을 바칠 수 있는 사랑인가요?

마음속에 아찔한 빈 공간이 있어서
뭘 채우려고 해 봐도
모두 투명한 추억만 돼서 빠져나갔습니다
내가 할 수 있는 것은 때때로
눈을 감고 마음속을 비스듬히 들여다보는 것뿐이지요
인생은 잠깐 비쳤다 사라지는 프리즘인가요
눈을 뜨면 삶은 여전히 출구 없는 터널입니다

아, 생각해보면 내게
처음부터 엄마는 없었습니다
삶이 나를 통째로 속인 겁니다!

주여, 나의 죄를 용서하소서
어쩌다가 사는 것이
죽는 것보다 무거운 일이 되어버렸는지요
죽음으로라도 이 무거운 짐을 벗을 수만 있다면
부디 내 시체가 썩어갈 때
내 지나온 삶도 함께 스러지게 하소서

시련의 천사

당신은 내게 시련의 천사로 왔다

진정 내 인생을 송두리째 바꿔놓으려고

철새가 단단한 콧등으로 먼 섬을 겨냥하며

활 쏘는 자가 손가락 끝으로 표적을 꿈꾸듯이

내 사랑이 당신의 심장에 통하길 바랐는데

아픔을 거듭할수록

내 가슴은 점점 딱딱해져

어느새 가슴이 느껴지지 않는 괴물이 됐다

이제 그대에 대한 환상을 깨뜨릴 때다

다시 사랑에 목 맨 죄수처럼 살지 않으리

이제 떠나라, 고마운 사람이여

아픔만 되갚는 사랑의 속임수여

뼈아픈 시련만은 남겨두고

떠나며 내 마지막 성장통이 돼라

내가 시련을 따라가는 한

그대도 언제나 그 안에 있으니

용서

살면서 꼭 한 사람 용서할 수 있다면
나의 부모도 아니고
나를 버린 연인도 아니고
스스로를 용서하리라

나를 가장 많이 찌른 살인자
내 주머니를 가장 많이 털어간 강도
하는 일마다 가로막던 비난자
힘들 때 귀 기울여주지 않은 배신자
그것이 바로 나였다

가능하다면 과거의 나를 용서하리라
더 잘할 수 없었던 나를
과거를 결코 용서하지 않는 자
그것이 바로 나였다

마귀는 내 밖에 있지 않다
그가 자리를 비운 사이에
울고 있는 나에게 가서
이제 괜찮다고 이불을 덮어주리라
나쁜 꿈을 꿨으니 다 잊고 잠깐 쉬자고
잠깐 자야 한다고 달래주리라

부표

일찍이 잠에서 깨어나

새벽하늘을 바라보며

떠내려 보내기로 한 과거들

때로는 물밀듯이 북받쳐 오르지만

파랗고 서러운 꿈이 파도처럼 밀려와도

마음 깊은 곳에 사랑을

사랑하는 이를 닻처럼 내려

절대 한 자리 떠나지 않는 부표처럼 되리니

내가 그토록 되고 싶었던 것은 무엇이었을까

꼭 닮고 싶은 사람 있었으나

차마 그처럼 될 수는 없는 것일까

어떤 이는 물로 태어나 바다로 섞여 들어가기를 원하고

나는 기름으로 태어나 혼자 불타기를 원하노라

아무도 깨지 않은 새벽하늘에

상념들 다 올려보내도

바람 휙 불어서는 쓸어가 버리고

나도 거죽만 남아

가벼이 슬픔에 쓸려가 버릴 것 같지만

마음 깊은 곳에 사랑이

사랑하는 이가 닻처럼 내려

나는 아직 이 자리에 있노라

노아의 비둘기처럼

어느 날 내가 갑자기 사라져 버리면

약속도 남겨놓고 인사도 없이 사라져 버리면

나를 찾지 말아주기를

땅을 찾은 노아의 비둘기처럼

다시는 돌아오지 않으리라

연결

당신과의 약속
그것은 어릴 적 썼던 공책처럼
먼지 쌓이고 구석에 감추인 채로
아직도 그 자리에 남아있다
이제 돌아갈 수도 없이
멀리 온 시간의 길
어느샌가 우리는 따뜻한 엄마의 품에서 떨어져
깨닫고 보면 차가운 길바닥에 버려진 고아였다
시간이라는 환상
마지막으로 순수했던 사랑
그것은 더 이상 느낄 수 없는
수줍은 어린아이의 부끄러움
그것은 방과 후 조용한 교실의 책상 서랍이나
햇빛이 나른히 들이치는 신발장 복도 같은 곳에 남아있다
이제는 해안으로부터 멀리 떨어져
바다에 표류하는 나무판자처럼
욕망에 휩쓸려 끝끝내 밀려간 끝에 손에 얻는 것은
모두 손가락 사이로 흘러내리고
마른 목을 축이기 위해
우리는 스스로 흘린 눈물만을 삼킨다
태어난 곳으로부터 멀리멀리
부모가 있던 곳으로부터 아주 멀리 떠내려간다
꿈이라는 환상!

우리는 착각 속에 살아왔다
언젠가 끝에 다다를 거라는 착각
무지개를 쫓아간 아이처럼
모든 것이 노력으로 되지 않는다는 걸 깨달으면
그제야 안도할 수 있을까
그 모든 자책이 아무 쓸모없었음을 알게 될까
시간은 흘러가지 않는다
그것은 매 순간 부서지고 새로 창조되는 세계
우리가 바란 연결은 무엇이었을까
다시 돌아가고 싶다
마지막으로 느낀 수줍음으로

연결시켜주는 것은 그때 남긴 약속
아직도 지키기 위해 살아가고 있다
비밀처럼 숨겨져 찾을 수도 없는
당신과의 약속

시간 사냥꾼

달려나가고 싶다
고요한 햇살의 장막을 찢고
상상과 현실의 시차 사이로
내 친구들이 쫓아오지 못할 곳으로
사건의 강줄기들이 각각 흘러가 고이는 바다로
고민들이 결론지어지는 생각의 끝으로
카페인에 취한 듯이
앞서 달리며 재촉하는 내 심장
먼 어디선가 나더러 오라고 부르는 소리
그토록 나를 묶고 있던 것들이
이 순간 아무것도 아니다
이렇게 상관없는 일일 거라면
진작 빠져나왔을 것을!
고작 한 걸음을 내딛기 위해서
도착하기를 고민하지 않으리
이후에 있을 불운에 대해서는
이 순간 전부 감당했으리
녹슨 나이프인 채로 떠나자
지금을 준비할 시간은 없다
아픈 만큼 날카로워지는 것이라면
이별하는 만큼 강해지는 것이라면
부디 내게 더 큰 고통을!
준비된 마음에 죄의 쇠사슬을 끊고

달려나가고 싶다
무거운 밤의 장막을 깨뜨리고
내 연인이 따라오지 못할 곳으로
열리는 과거와 닫히는 미래의 문틈으로
다가오는 고통과 멀어지는 행복의 경계로
꿈과 현실의 시차 사이로

내 안의 사랑받고 싶은 악마

지 은 이 이활

1판 1쇄 발행 2019년 4월 10일

저작권자 이활

발 행 처 하움출판사
발 행 인 문현광
교정교열 성슬기
편   집 표지 오재형 내지 곽누리
주   소 광주광역시 남구 대남대로 149번지 19 3층 하움출판사
I S B N 979-11-6440-017-1

홈페이지 http://haum.kr/
이 메 일 haum1000@naver.com

좋은 책을 만들겠습니다.
하움출판사는 독자 여러분의 의견에 항상 귀 기울이고 있습니다.

이 도서의 국립중앙도서관 출판예정도서목록(CIP)은 서지정보유통지원시스템 홈페이지(http://seoji.nl.go.kr)와
국가자료종합목록시스템(http://www.nl.go.kr/kolisnet)에서 이용하실 수 있습니다. (CIP제어번호 : CIP2019012729)